I0796314

Los estados de la
Materia
Los líquidos
Cindy Rodriguez y Jared Siemens
LIGHTBOX
openlightbox.com

Entre a
www.openlightbox.com
e ingrese el código único
de este libro.

CÓDIGO DE ACCESO

LBZ46967

Lightbox es una completa solución digital para enseñar y aprender temas curriculares de una manera original e innovadora. Lightbox se basa en las Normas Curriculares Nacionales.

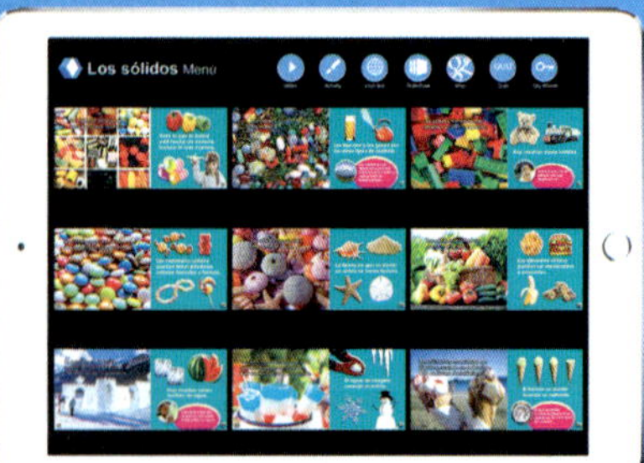

OPTIMIZADO PARA

- ✓ **TABLETAS**
- ✓ **PIZARRAS ELECTRÓNICAS**
- ✓ **COMPUTADORAS**
- ✓ **¡Y MUCHO MÁS!**

CARACTERÍSTICAS ESTÁNDAR DE LIGHTBOX

AUDIO Narraciones de alta calidad con sistema de texto a voz

VIDEOS Videoclips de alta definición incorporados

ACTIVIDADES PDFs imprimibles que pueden enviarse por correo electrónico y calificarse

ENLACES WEB Enlaces cuidadosamente seleccionados con recursos seguros para niños

PRESENTACIÓN EN DIAPOSITIVAS Ilustraciones gráficas de los conceptos clave

MAPAS INTERACTIVOS Mapas interactivos e imágenes satelitales aéreas

CUESTIONARIOS Diez preguntas de elección multiple con puntaje automático que se envían por correo electrónico al docente para su evaluación

PALABRAS CLAVE Combinación de los conceptos clave con sus definiciones

VIDEOS

ENLACES WEB

PRESENTACIÓN EN DIAPOSITIVAS

CUESTIONARIOS

ÍNDICE

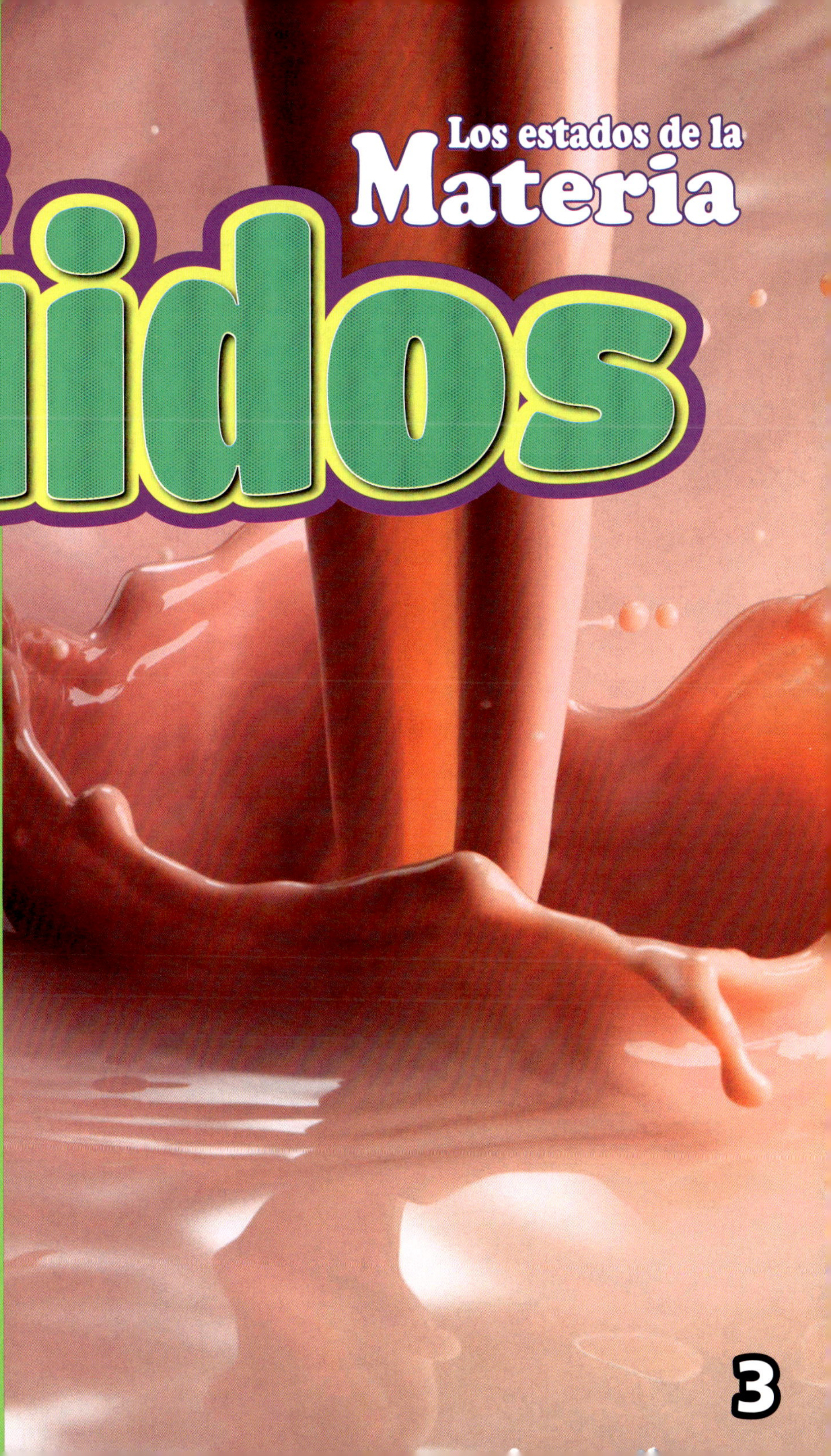

La materia es algo que pesa y ocupa espacio.

Todo lo que te rodea está hecho de materia. Incluso tú eres materia.

Los líquidos son un tipo de materia.

Los sólidos y los gases son los otros tipos de materia.

Los lagos están formados por agua. El Lago Superior es el más grande de Estados Unidos.

Los líquidos no tienen forma.
Los líquidos ocupan espacio.

Hay muchas cosas líquidas.

El océano Pacífico reúne la mayor cantidad de líquido en un solo lugar.

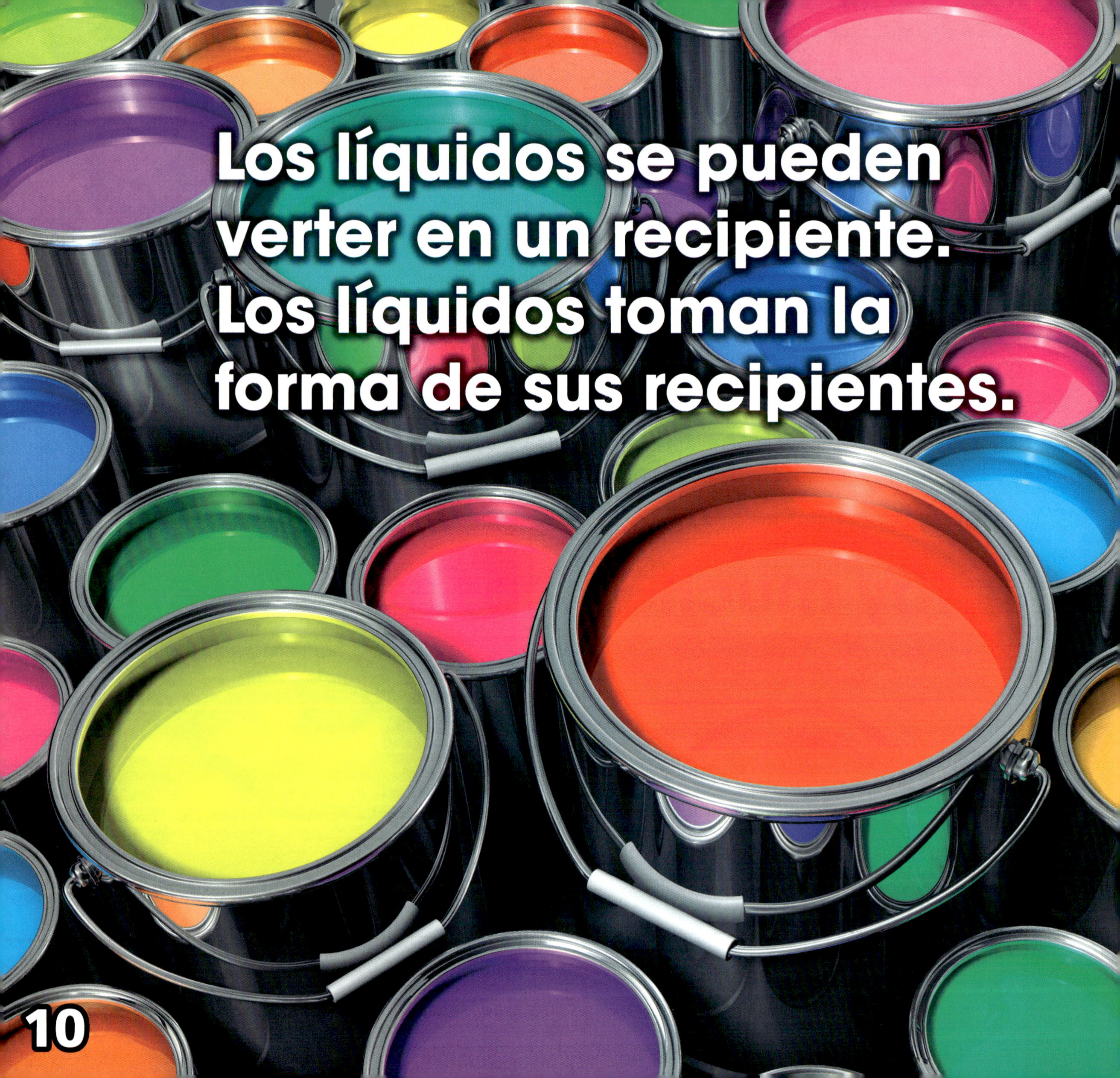

Los líquidos se pueden verter en un recipiente. Los líquidos toman la forma de sus recipientes.

Los líquidos pueden cambiar de forma sin ocupar más espacio.

Los líquidos pueden ser espesos o ligeros.

Hay muchas comidas líquidas.

La melaza es una de las comidas líquidas más espesas.

Los líquidos se sienten diferente.

La forma en que se siente un líquido se llama textura.

El pegamento es un líquido de textura pegajosa.

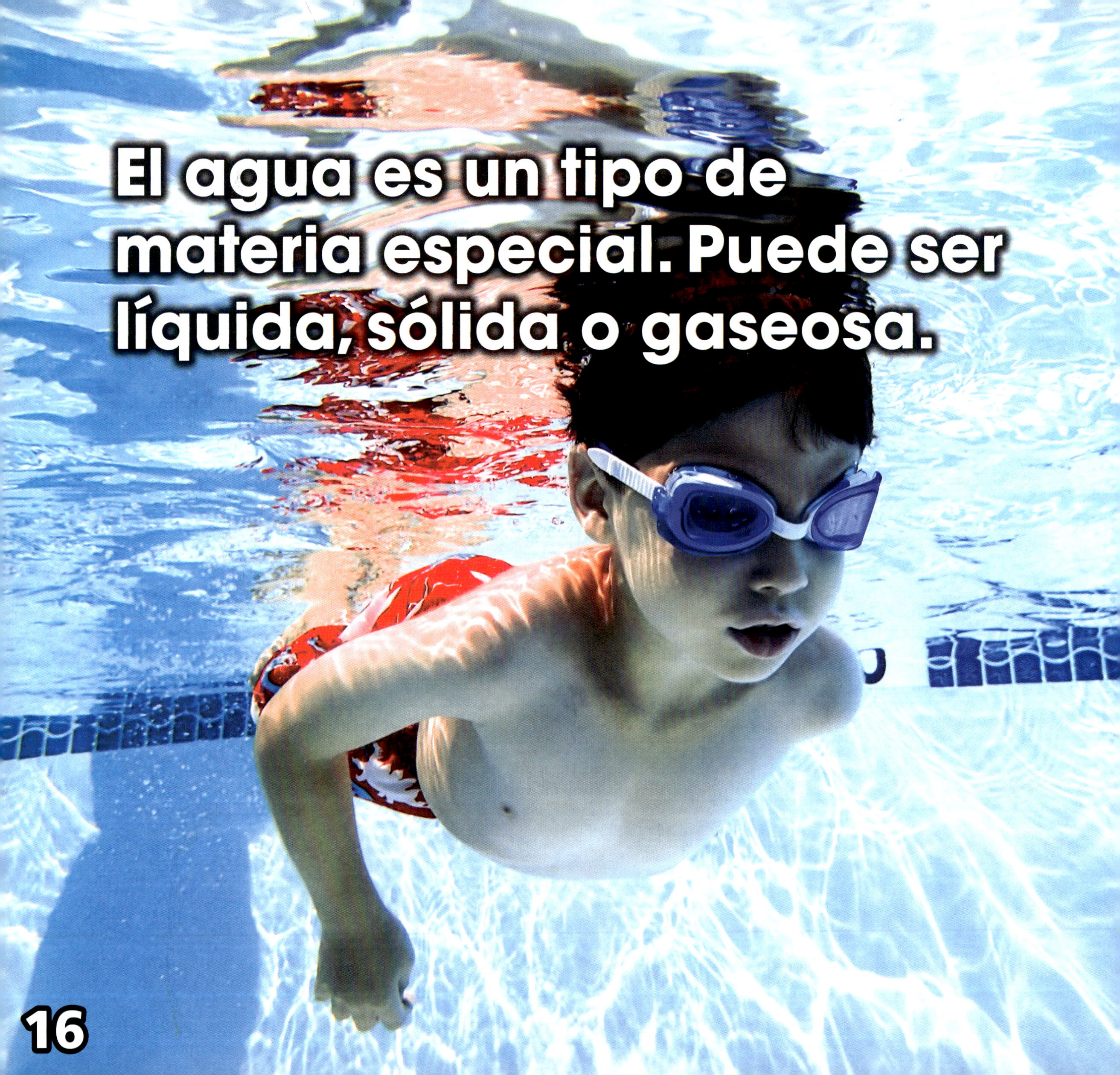

El agua es un tipo de materia especial. Puede ser líquida, sólida o gaseosa.

Hay muchas cosas hechas de agua.

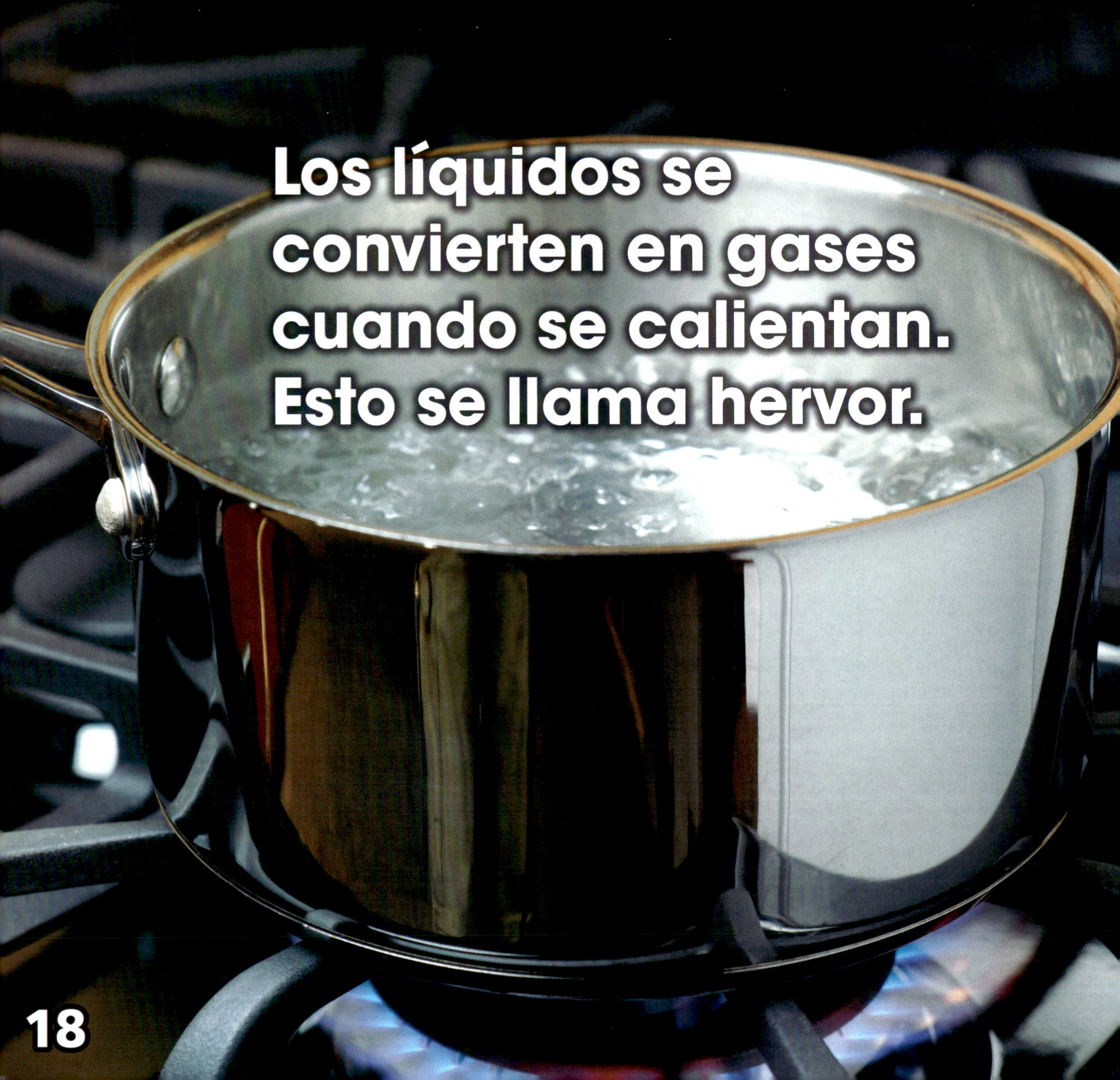

Los líquidos se convierten en gases cuando se calientan. Esto se llama hervor.

El agua se convierte en vapor cuando hierve.

Los líquidos se convierten en sólidos cuando se enfrían. Esto se llama congelamiento.

El agua se convierte en hielo o nieve cuando se enfría.

¿Qué has aprendido sobre la materia?

¿Cuáles de estas cosas son líquidos?

¿Cuál de estas cosas es un sólido?

¿Cuál de estas cosas es un gas?

69

Published by Smartbook Media Inc.
350 5th Avenue, 59th Floor New York, NY 10118
Website: www.openlightbox.com

Library of Congress Control Number: 2016959151

ISBN 978-1-5105-2396-8 (hardcover)
ISBN 978-1-5105-2309-8 (multi-user eBook)

Printed in the United States of America in Brainerd, Minnesota
1 2 3 4 5 6 7 8 9 0 21 20 19 18 17

072017
062117

Spanish Project Coordinator: Jared Siemens
Spanish Editor: Translation Services USA
Project Coordinator: Jared Siemens
Art Director: Terry Paulhus

Every reasonable effort has been made to trace ownership and to obtain permission to reprint copyright material. The publisher would be pleased to have any errors or omissions brought to its attention so that they may be corrected in subsequent printings.

The publisher acknowledges Getty Images, Dreamstime, Shutterstock, and iStock as its primary image suppliers for this title.